LA MORT

de

LOUIS, COMTE DE LA ROCHEJAQUELEIN.

Stances,

PAR LE COMTE CALVIMONT SAINT-MARTIAL.

PARIS.

CHEZ G.-A. DENTU, IMPRIMEUR-LIBRAIRE,
rue d'Erfurth, n° 1 *bis*;
ET PALAIS-ROYAL, GALERIE VITRÉE, N° 13.

1834.

LA MORT

DE

LOUIS, COMTE DE LA ROCHEJAQUELEIN.

❀

Stances,

PAR LE COMTE DE CALVIMONT SAINT-MARTIAL.

PARIS.

CHEZ G.-A. DENTU, IMPRIMEUR-LIBRAIRE,
rue d'Erfurth, n° 1 *bis*;
ET PALAIS-ROYAL, GALERIE VITRÉE, N° 13.
1834.

Souviens-toi de qui tu es fils, et ne forligne pas.
(Ancien cri des héraults d'armes.)

Qu'importent la mort et les revers, si notre nom, prononcé dans la postérité, fait battre un cœur gééreux deux mille ans après notre vie!
(Chateaubriand.)

Stances

SUR LA MORT

DE

Louis, comte de la Rochejaquelein,

TUÉ EN PORTUGAL.

⸻ ●●●● ⸻

A MADAME LA MARQUISE DE LA ROCHEJAQUELEIN,
née DE DONNISSAN.

Mater dolorosa.
(Litanies de la sainte Vierge.)

Il est mort comme toi sur le sol étranger,

Le noble et digne fils du conquérant d'Alger !

Et le drapeau des lys que le grand capitaine

Arbora vaillamment sur la rive africaine,

Hélas ! n'ombrage plus son cyprès glorieux ;

Mais son frère en quittant cette plage lointaine,

A chanté sur sa tombe en vers harmonieux,

L'hymne des pleurs et des adieux! (1)

O Louis! autre enfant de la noble Vendée,

Tombé victime aussi d'une cause sacrée!

Dès long-temps, tu le sais, ma muse pressentait (2)

Le courageux dessein que ton cœur méditait.

N'est-ce pas à ma muse en ces jours de tristesse

D'unir aux pleurs des tiens un funèbre regret,

D'exhaler dans ses chants la douleur qui m'oppresse,

Moi, l'ami cher à ta jeunesse!

(1) *La Gazette de France* a publié, il y a peu de temps, une Elégie sur la mort du jeune de Bourmont, composée par son frère.

(2) *Voyez*, à la fin de ces Stances, l'extrait du poëme sur la Restauration du Portugal.

Il m'en souvient surtout de ces temps plus heureux

Où mêlant nos loisirs, nos travaux et nos jeux,

Nous passions dans les champs, à la ville, au collége,

Ces jours par qui l'enfance en doux momens s'abrége.

Alors, qui nous l'eût dit, qu'un cruel avenir

Te réservait déjà le sanglant privilége

D'affronter pour les rois l'exil, et d'y mourir

    De ta foi généreux martyr !

Oui, digne fils des preux, hélas ! lorsque ton père

Mourut au champ d'honneur, ton héroïque mère

Te destinait d'avance à venger son trépas ;

Comme lui tu devais t'élancer à grands pas

Dans la lice immortelle, aussitôt que la France

Reverrait un drapeau dont elle ne veut pas ;

4

Car dès les premiers jours de ton adolescence

Son ombre inspira ta vaillance.

Tes exploits et les siens qu'unira l'avenir

Seront associés dans notre souvenir ;

Et la même couronne à tous deux décernée,

Redira votre histoire à l'Europe étonnée.

Encor si tous les deux dans le même tombeau

Vous receviez nos pleurs ! si la terre éloignée

Renvoyait pour calmer notre chagrin nouveau

Ta cendre au lieu de ton berceau !

Dieu ! le Roi ! c'est bien là l'immortelle devise

Attachée à ton nom ! Et si le flot se brise

En efforts impuissans contre l'écueil des mers,

Du moins jamais la crainte ou l'aspect des revers

N'attiédit la valeur ni la foi de tes pères.

Tu suivis leur exemple, et nos pieux concerts

Le rediront toujours aux échos funéraires,

    Et Dieu recevra nos prières.

Ton frère Henri t'ouvrit la route des héros,

Jaloux de partager la gloire et les travaux

Des fils de la Néva, quand la Croix immortelle

Refoula dans Stamboul le Croissant qui chancelle.

Il a revu son toit, le guerrier pélerin!

Hélas! aux bords du Tage, une tombe fidèle

Garde un grand nom redit par l'écho lusitain :

    LOUIS LA ROCHEJAQUELEIN!

Dieu le veut! Sans espoir notre voix te réclame

A ces bords où vers Dieu s'élança ta belle âme.

Tu ne reviendras pas ; et seul le nautonnier

Chargé de notre offrande, hélas! ira prier

Sur ta cendre à jamais chez l'étranger captive.

Près d'elle verdiront les rameaux du laurier,

Tandis qu'un noir cyprès planté sur notre rive

Charmera ton ombre plaintive.

Mais pourquoi déplorer cet exil rigoureux?

Vivant, n'étais-tu pas ce proscrit malheureux

Contraint de fuir le sol de la France chérie?

N'échappant au pouvoir d'une ligue ennemie

Qu'après de longs efforts? Et, malgré ta valeur,

Ta fin n'a point brisé le joug de ma patrie.

Sois donc proscrit encor, fidèle à son malheur :

La mort n'a pu changer ton cœur.

Tu l'avais entendu ce fracas effroyable

D'un trône renversé. S'il fut ailleurs capable

D'exciter la frayeur, en ton âme soudain

Tu sentis fermenter ce sublime levain

De la gloire des tiens, dépôt héréditaire

Conservé dignement dans ces lieux où leur main

Pour le trône et l'autel aurait vaincu la terre.

Le sort t'a seul été contraire.

Qu'ils étaient saints ces droits que vos bras défendaient,

Lorsqu'au fort du combat les Vendéens voyaient

Une femme, un héros au grand nom de princesse ;

Et près de Caroline, abjurant la faiblesse,

D'autres Dames encor, partageant ses dangers,

Surpasser en ardeur votre mâle jeunesse !

Qui n'eût cru la victoire assurée aux guerriers

Qu'aidaient ces nouveaux chevaliers !

Tuez-moi si j'ai peur ! suivez-moi si j'avance !

Si je meurs, vengez-moi ! Dieu, mon Prince et la France !

Tel fut ton noble cri retentissant au loin.

Hélas ! d'une autre gloire avais-tu donc besoin ?

La Pénissière en ruine et ses monceaux de cendre

Sont de grands monumens qui dispensaient du soin

De s'illustrer encor ceux qui, pour les défendre,

Bravèrent la mort sans se rendre.

Qu'importait, il est vrai, cet honneur sans succès

A ton âme, où l'orgueil n'obtint jamais d'accès?

User pour d'autres temps d'une sage réserve

Est trop pour le héros, c'est Dieu qui le conserve.

La prudence chez lui serait timidité :

Le génie a son feu, le courage a sa verve.

Du Vendéen partout l'indomptable fierté

Défend la légitimité.

Le volcan vendéen à dévorante lave

Venait de s'entrouvrir, refermé comme esclave

Sous le sol menaçant, dans les cœurs généreux

Où fermentait encor le dernier de ses feux ;

Il ne pouvait garder en son ardent cratère

Ceux qui pour différer étaient trop courageux,

Trop fortement lancés pour suspendre la guerre,

Même sur la rive étrangère.

L'Europe te délaisse, ô pays malheureux,

Noble et sainte Vendée! et tes fils, à ses yeux,

Ont péri sans secours, sans espoir de vengeance!

Et tous les rois t'ont vue avec indifférence,

Essayant de sauver, avant que de mourir,

Des trônes menacés la stérile puissance,

Tandis qu'eux, l'arme au bras, semblaient sans tressaillir

Ecouter ton dernier soupir.

C'est alors que Louis s'exilant de la France,

O Miguel! de tes droits embrassa la défense.

Tout roi de notre temps enflamme de tels cœurs,

Quand c'est en combattant qu'il venge ses malheurs;

Le sort peut le trahir, mais la gloire lui reste.

Et que fait contre lui la merci des vainqueurs

Quand la voix du pays la proclame funeste,

 Quand c'est le peuple qui proteste !

En ces lieux où Louis a trouvé son tombeau,

D'abord paraissait luire un avenir plus beau :

Tant qu'a duré la lutte où brilla sa vaillance,

De triompher encor on garda l'espérance;

Le coup qui l'a frappé fut un premier signal

De revers successifs, et leur date commence

Au jour où le guerrier dans un combat fatal,

 Expira pour le Portugal.

Il est du moins pour nous une douce pensée :

L'honneur fait vivre encor quand la vie est passée.

Louis, en s'immolant pour la cause des rois

Que le glaive des siens défendit tant de fois,

A rendu par sa fin sa perte moins cruelle.

La mort, qui nous paraît la plus dure des lois,

A doté le héros d'une gloire nouvelle,

 Et cette gloire est immortelle.

Oh! partout à Louis on garde un souvenir!

Amis comme ennemis, tous l'avaient su chérir.

Sa bonté respirait dans la paix, dans la guerre ;

Du malheur il savait soulager la misère ;

Son trépas a partout fait répandre des pleurs.

Que ces tributs de deuil, ô douloureuse mère !

Te consolent du moins au sein de tes malheurs :

Louis vivra dans tous les cœurs !

Mais non loin du tombeau de l'enfant du Bocage

Un bruit a retenti. Ce bruit de plage en plage,

Aux peuples étonnés annonce le retour

Du roi de l'Ibérie en ces lieux où l'amour

De fidèles sujets lui préparait la gloire

D'une lutte nouvelle. Aussi depuis ce jour

Tous les amis des rois recommencent à croire

Que vers eux revient la victoire.

S'il arrivait pourtant par de nouveaux revers

Que Carlos retrouvât ou l'exil ou les fers,

Espérons en Louis. Dans le céleste asile

Pour nous il intercède. Obtenir est facile

À celui qui pour Dieu, qui pour l'honneur des rois

Donna son sang, sa vie; et le sort indocile

Par le jeune martyr entraîné cette fois,

N'obéira plus qu'à sa voix.

Sur la Restauration du Portugal,

publié en 1828.

⚜

O mon pays! ô France! oh pourquoi tes destins
N'ont-ils donc pas voulu que deux peuples voisins,
Tour à tour accablés de la même infortune,
Menacés tour à tour d'une perte commune,
N'aient pas, l'un comme l'autre, obtenu le secours
Qui sauva l'un des deux, le vengea pour toujours?
France si généreuse, oh pourquoi ta puissance
Dut-elle cette fois céder à l'influence
D'une cause étrangère, et quel arrêt fatal
Prononça que sans toi bientôt le Portugal
Devrait se délivrer de la main ennemie
Dont l'Espagne se vit par toi seule affranchie?
Quelle gloire nouvelle eût paré tes lauriers,
Si, par d'autres exploits semblables aux premiers,
On eût vu triompher tes armes dans Lisbonne,
Pour proclamer un roi, pour raffermir un trône!
Qu'ils l'eussent désiré, tous ceux dont la valeur
Couvrit le nom des rois d'un éternel honneur!
Mais surtout les enfans de la terre chérie,
Pays toujours fidèle, orgueil de la patrie,
Eussent, avec transport, par de justes combats,
Offert au Portugal leurs plus vaillans soldats.
A leur tête on eût vu l'orphelin du Bocage,
Et d'un oncle et d'un père emprunter le courage,
La Rochejaquelein! et le nom des héros
Fût sorti tout entier du milieu des tombeaux.

PARIS. — IMPRIMERIE DE G.-A. DENTU,
rue d'Erfurth, n° 1 *bis.*